LE GARÇON QUI CROYAIT QU'ON NE L'AIMAIT PLUS

LE GRAND BAIN

Des romans illustrés pour se jeter
dans le grand bain de la lecture,
avec ou sans bouée !

Des histoires fortes, drôles, impertinentes,
ancrées dans le monde de l'enfance.

Une jaquette à déplier :
une affiche à collectionner !

LE GARÇON QUI CROYAIT QU'ON NE L'AIMAIT PLUS

Hervé Giraud • Émilie Gleason

SEUIL JEUNESSE

LA FIN DES VÉLOS JAUNES

Tout a commencé à cause de l'handicapé. Tout est de sa faute. Quand je suis arrivé au CP, je venais de la maternelle qui est en face, de l'autre côté de la rue. J'avais cinq ans. À la maternelle, on jouait beaucoup dans la cour. Dans la classe on travaillait, mais c'était du travail de jeu. Je faisais des dessins de toutes les couleurs, je peignais sur des feuilles et c'était tellement grand et beau que ça débordait de tous les côtés. Je construisais des tours en bois que j'écroulais ensuite, je courais partout et les autres enfants couraient aussi. Je m'asseyais sur toutes les chaises et même sur la chaise de la maîtresse. Je n'étais pas sage, je crois, mais ce n'était pas grave, personne n'était sage.

Dans la cour, on faisait du vélo jaune et j'adorais vraiment ça. Je criais en pédalant. J'aimais bien crier. Je n'avais rien à dire, je n'avais que des choses à crier. C'étaient des cris de joie. Les vélos avaient trois roues (une devant avec le pédalier et deux derrière) et ils étaient lourds comme tout. Il fallait beaucoup forcer sur les pédales pour prendre de la vitesse, surtout quand un garçon ou une fille montait debout sur le petit plateau derrière et vous hurlait dans les oreilles. Une fois lancé, c'était la folie. La cour était un peu en pente, on finissait dans le portail et ça faisait un bruit du tonnerre. Les cris, la vitesse, le vent dans les cheveux et le bruit dans le portail : c'était bien.

Les vélos jaunes, c'étaient des tricycles. On savait bien que ce n'étaient pas des vélos, à cause du nombre de roues, de la forme, du poids, mais on appelait ça « les vélos ». Quand on déboulait dans le portail pour l'ébranler et le faire sonner comme une cloche, on s'éjectait vite fait de la machine pour se mêler à la foule des enfants. Les maîtresses arrivaient fissa, demandaient qui avait *défoncé dans le portail* (Oui, on disait ça : « je vais défoncer dans le portail ! »). Alors, on faisait comme un troupeau de pingouins autour d'elles, bras le long du corps, têtes relevées, la bouche vers le bas, l'air de dire : je-sais-pas-c'est-pas-moi.

CIEL

Et puis ensuite, une fois les maîtresses reparties, le vélo étant libre, il fallait vite le récupérer avant que d'autres n'en profitent.

Dans les cours de récré, ce n'est pas vraiment la loi de la jungle, mais c'est quand même un peu la loi qui n'est pas la même loi que partout. Je ne connais pas le règlement intérieur de la jungle, mais ça doit y ressembler.

Quand les maîtresses tapaient dans les mains (pendant longtemps, j'ai cru que de nous voir jouer était en soi un spectacle et qu'elles en applaudissaient la fin), on descendait des vélos, et on les rentrait dans une petite maison de bois qui s'appelle « le local » en les poussant. On les mettait au lit à notre manière et, avant de refermer la porte du local, j'avais souvent un regard affectueux sur ce parc magnifique de tricycles amicalement jetés les uns sur les autres.

Mais le jour est venu où il a fallu quitter la maternelle pour traverser la rue et aller à l'école élémentaire. C'est là que maman travaillait alors : elle travaillait le matin avant que les enfants arrivent. Elle travaillait le midi quand les enfants déjeunaient, elle travaillait le soir quand les enfants étaient repartis. Maman faisait le ménage et la vaisselle de l'école. C'est grâce à elle que tout était propre.

Quand j'étais à la maison, maman était à l'école et quand j'étais à l'école, maman était à la maison. C'est une voisine qui me gardait.

Dans l'école de maman, il n'y avait pas de vélos jaunes. Il n'y avait pas non plus de bac à sable. Personne n'applaudissait après le spectacle de la récré, et la récré ne durait vraiment pas longtemps. Au début je ne pouvais pas dire combien de temps, parce qu'on n'avait pas encore « fait l'heure » mais j'ai tout de suite compris qu'on n'aurait pas l'occasion de jouer, ni dans la cour, ni dans les couloirs et encore moins dans la classe.

La première fois que j'ai découvert la nouvelle cour de récréation, j'ai eu beau chercher les vélos ou les choses pour s'amuser, il n'y avait rien. Il n'y avait qu'un seul engin pour tout le monde et il semblait tellement génial que je l'ai convoité tout de suite. Il avait des grandes roues derrière et des petites devant, et le plus formidable c'est qu'il avançait tout seul. Le chanceux qui le pilotait s'amusait vraiment bien. Il manœuvrait un joystick sur l'accoudoir et il fonçait en zigzaguant au milieu des élèves dans la cour. Il virait quasiment sur place, accélérait, freinait, repartait, tout ça dans un joli petit bruit électrique. Pour couronner le tout, il n'a pas eu besoin d'aller le remiser à la fin de la récréation, il a eu le droit de rentrer avec DANS l'école et je l'ai vu partir vers sa classe. C'était un grand de CE1. La classe de ceux qui savent lire et qui font l'heure.

ADIEU LA JOIE

Ça, c'était à la récréation du matin du premier jour de l'école de maman. Le problème, c'est que comme il n'y avait qu'un seul de ces engins pour tous les enfants, celui qui l'avait ne le quittait pas. À la récréation de l'après-midi, c'était encore lui qui était dessus. Je suis allé le voir. Je lui ai dit que ce n'était pas toujours pour les mêmes les vélos, j'ai ajouté qu'il fallait « tourner ». À la maternelle, les maîtresses disaient « on tourne », en moulinant avec les mains (le moulinet avec les mains avait deux significations : soit on devait laisser les vélos à d'autres ; soit on allait chanter « Meunier tu dors ». Dans les deux cas, ce n'était pas bon signe). En général, on descendait de vélo en faisant exprès de le renverser et on allait jouer dans la cage à écureuil ou le bac à sable. Le garçon à qui j'ai dit « on tourne » a ouvert la bouche et puis il a appuyé sur son joystick et il a démarré. Il m'a foncé dans le tibia et ça m'a fait très mal. Ensuite, il a reculé et il est parti.

J'ai pleuré un peu mais personne ne s'est intéressé à moi. Alors, je suis allé voir les maîtres à cloche-pied (oui, car à l'école de maman, de ce côté-ci de la rue où je suis maintenant, il y a des maîtres) mais ils parlaient d'un très grave problème de photocopieuse avec la directrice. Je n'ai pas tout compris. Ils m'ont regardé vite fait et ont

répondu : « Frotte, ça va partir, c'est le métier qui rentre ». J'ai frotté et ce n'est pas parti. Alors je suis retourné en boitant voir le garçon qui faisait de la machine à quatre roues. Il m'avait oublié et cherchait à copiner avec un groupe d'enfants qui jouaient de l'autre côté de la cour, mais il était venu buter contre une marche avec son jouet d'égoïste. C'est là que je l'ai attrapé par les vêtements et que je l'ai extirpé de son siège. Je l'ai fait tomber par terre et il y est resté allongé comme une limace. Bien fait pour lui. J'ai tourné l'engin dans la bonne direction et je suis monté dessus. Je me suis assis sur le siège et j'ai poussé le stick sur GO en avant toute et c'est parti, droit devant, à travers la foule qui s'écartait, émerveillée par ma course folle. Certains se sont mis à courir à côté de moi et d'autres derrière en criant. C'était un très bon moment. Je venais enfin de retrouver la Joie qui avait failli m'abandonner en venant à l'école élémentaire.

Je ne l'ai pas retrouvée pour longtemps. Je n'ai pas été applaudi. Pas du tout.

À cause de l'handicapé, j'ai compris qu'il y avait deux camps. Celui de ceux qui sont aimés et celui des autres. À cause de lui, j'ai changé de camp et je me suis retrouvé du mauvais côté. Maman m'avait pourtant prévenu qu'en traversant la rue, je rentrerais à la « grande école », que j'allais « chez les grands », que je devenais « un grand ». J'ai bien compris que je n'avais pas le choix, mais je n'avais pas compris qu'on cesserait de m'aimer. Jusqu'alors, je ne me posais pas de questions : je vivais, je jouais à des tas de jeux, je courais, je criais, maman m'aimait, les maîtresses aussi, tout le monde aimait tout le monde. C'est pour ces raisons que la Joie était omniprésente ; elle ruisselait partout, comme de la confiture étalée sur une tartine. On se léchait les doigts de tout ce sucre sans se douter qu'un jour le pot de confiture serait vide.

Maintenant, les tartines sont couvertes de gros sel et je n'aime pas le mot « grand ». Je préfère le mot « petit » et même si j'étais content de venir dans l'école de maman, j'ai très vite perdu la Joie. J'ai compris que le bonheur ne traversait pas les rues pour aller à l'école élémentaire. À cause de l'handicapé, je me suis fait super gronder. J'ai été super puni. Les autres se sont mis à me regarder comme une bête étrange, mais moi, il n'y en avait qu'un que je détestais, mais alors vraiment : c'était l'handicapé.

Je passe les détails des remontrances qu'on m'a faites, les longs moments où, debout face à eux, j'ai écouté les adultes me sermonner : les « Non mais tu te rends compte ? » ou les « Mais d'où tu sors ? » Je passe sur les récrés supprimées, les remarques incessantes et le regard noir et soupçonneux de tous, y compris de l'handicapé qui me frôlait dans son fauteuil électrique, narquois et fier.

Il y a même des adultes qui m'ont demandé :

– Tu as perdu les pédales ?

J'ai cru qu'ils parlaient des pédales des vélos de l'école maternelle, qu'ils pensaient que je les avais démontées pour les cacher et les perdre ensuite. Je répondais la vérité :

– Non, ce n'est pas moi.

Et ils me disaient :

– Mais voyons, tout le monde t'a vu !

Le lendemain de l'incident, après son travail du matin, maman a été convoquée par la directrice. Elle portait sa blouse bleue du ménage et a laissé son chariot technique chargé de balais et de seaux de toutes les couleurs devant la porte du bureau. Elle s'est assise sur une chaise et elle avait les yeux noirs quand on m'a fait venir et que je suis entré dans la pièce. Normalement, quand maman me retrouve, elle m'embrasse très fort et me prend dans ses bras pour me dire « Mon chéri », mais cette fois, elle n'a pas bougé et me regardait durement tandis que la directrice lui expliquait ce que j'avais fait. Ensuite, je ne sais pas pourquoi, ses yeux sont passés du noir au rouge et elle s'est mise à éviter mon regard.

LE GRAND MALENTENDU

Je voyais bien que plus personne ne m'aimait et qu'ils me préféraient cet handicapé que je détestais. Il avait droit à tous les égards, on lui ouvrait les portes, on lui portait son cartable, il devançait les autres enfants pour sortir dans la cour, et quand il n'était pas entouré des élèves de sa classe, il papotait avec les maîtres et les maîtresses comme si c'étaient des copains. J'ai compris que c'était lui le chouchou de toute l'école et il a été décidé que je devais lui faire une lettre d'excuse. On m'a mis dans une pièce avec une dame que je ne connaissais pas, une sorte de docteur qui portait ses lunettes sur le bout du nez en me regardant comme si j'étais un champignon vénéneux. Cette dame, on l'appelle : la Psychologue. Elle m'a donné une feuille :

– Je ne sais pas écrire ! je lui ai dit.

– On va faire une dictée à l'adulte.

– C'est quoi ?

– Tu me dis et j'écris pour toi.

– Je dis quoi ?

– Tu me dis ta dictée à l'adulte.

– Mais c'est quoi une dictée à l'adulte ?

– Tu me dis ce que tu as à dire et j'écris à ta place.

– J'ai quoi à dire ?

– Bon, ça suffit.

Vraiment, je détestais l'autre en fauteuil.

À cause de lui ma vie venait de basculer dans le moche. Pendant que j'essayais de comprendre ce que la dame voulait, je le voyais par la fenêtre, il était en récréation et se pavanait, assis sur son trône à roulettes, heureux, entouré de tout un tas de fayots qui prétendaient être ses amis. Non seulement j'avais toujours un bleu énorme sur le tibia, mais je devais faire une dictée à l'adulte. J'ai compris que c'était une sorte de « demander pardon », mais sous forme de lettre :

– Vas-y, j'ai un stylo, je t'écoute, elle m'a dit.

– Cher handicapé…

– Non, ça ne va pas. Appelle-le par son prénom.

– Je ne le connais pas.

– Camille.

– C'est qui Camille, je ne la connais pas ?

– Camille, c'est lui.

– L'handicapé ? Mais pourquoi il a un prénom de fille ?

– Mais non voyons, c'est un prénom mixte. Allez, on reprend, on écrit le reste. Je t'écoute.

– Pardon Camille.

– Pardon, ça ne va pas, on n'est pas à l'église. Tu dis : « Je te demande des excuses ».

– Je te demande des excuses... euh... Camille.

– Je note « Je te demande des excuses, Camille... » Ensuite ?

– Euh... bah ça y est. J'ai fini.

– Tu as fini ? Mais non, il faut en écrire davantage. Tu ne te poses pas de question par rapport à ce qui s'est passé ?

– Si.

– Très bien, vas-y, dis-moi, quelles questions te poses-tu ?

– Ça veut dire quoi « mixte » ?

Comme je ne savais ni lire, ni écrire, ni faire des excuses, que je n'étais bon à rien, ma peine a été modifiée. Ça se ferait en direct, dans le bureau de la directrice. L'handicapé est venu avec ses parents dans un fauteuil sans moteur. Ma mère n'a pas été invitée et les regards étaient encore plus noirs que tous les regards noirs précédents. Je gigotais sur ma chaise. Mes pieds ne touchaient pas le sol et pédalaient tout seuls dans le vide. L'handicapé me regardait. Ses jambes à lui ne bougeaient pas. Je me suis dit que ça devait être bizarre de ne pas pouvoir faire bouger une partie de soi. La directrice m'a appris que les parents de Camille avaient porté plainte et que ce que j'avais fait était très-très-très-très grave. Je n'ai pas compris ce que « porter plainte » signifiait :

– Je ne savais pas que tu étais handicapé, j'ai dit au garçon dans son fauteuil.

– Ça se voit pourtant, il m'a répondu.

– Oui, ça se voit, ont répondu ses parents en chœur et de manière très sèche.

– Cet enfant a perdu les pédales, a encore affirmé la directrice.

– Non, ce n'est pas vrai, j'ai répondu.

Quand j'avais pris le chariot, j'avais vu qu'il n'avait pas de pédales et que c'était un moteur électrique. Je me demandais d'ailleurs bien comment des pédales avaient pu être perdues et disparaître, et pourquoi on m'accusait.

– Arrête avec tes jambes, a ajouté la directrice.

J'ai cru qu'elle parlait à Camille et qu'en réalité, il pouvait arrêter d'avoir les jambes mortes. J'ai regardé ses jambes pour voir s'il les faisait bouger, mais tout le monde m'observait. J'ai vu que mes jambes bougeaient toutes seules et j'ai compris que c'était à moi qu'elle parlait.

– Tu peux nous dire pourquoi tu as fait ça ?

m'a demandé la mère de Camille.

– Pourquoi j'ai bougé mes jambes ?

– Mais il le fait exprès ou quoi ? On te parle de l'incident avec le fauteuil : pourquoi tu as fait tomber Camille par terre ?

– Je croyais que c'était un jouet de la cour et qu'il ne voulait pas le laisser aux autres, j'ai répondu en me tournant vers l'handicapé.

Je venais de comprendre que le pauvre, vraiment, ses jambes étaient comme deux saucisses périmées.

– Ce n'est pas grave, il m'a répondu.

– Non, ce n'est pas grave, je lui ai répondu.

C'était de trop. Ses parents et la directrice se sont mis à crier :

– Mais si, c'est grave !

Même qu'il s'est fait gronder à son tour :

– Camille, tu ne peux pas dire que ce n'est pas grave, ce qu'il t'a fait est inacceptable, a dit sa mère.

– Et scandaleux, a ajouté son père en se frappant le front et en gardant la main levée au-dessus de moi comme s'il allait me taper.

Ses parents ont pris Camille par les poignées de son fauteuil et l'ont emporté ailleurs en le faisant rouler et en le cognant n'importe comment dans la porte et dans le mur qui l'encadre : marche avant, marche arrière et BIM dans la porte et PAF dans le mur.

SANCTION-RÉPARATION

Je suis resté avec la directrice qui regardait les petits bouts de plâtre tomber en faisant la grimace et je me suis dit que ça devait faire bizarre aussi de se sentir vivre avec des poignées, comme une valise. On entendait ses parents le gronder tandis qu'ils faisaient rouler leur fils dans le couloir.

– TU DOIS TE FAIRE RESPECTER, CAMILLE !

Ensuite, la directrice s'est levée et a fait le tour de son bureau pour aller vérifier que la porte fonctionnait toujours. Moi, je suis resté assis et j'ai gonflé mes joues. Elle s'est assise de nouveau, elle a soupiré et en même temps, j'ai fait pareil en vidant l'air qui était dans ma bouche. Elle a dit :

– Arrête de faire ça. Et elle a ajouté : Admettons que tu ne savais pas. Tu dois être sanctionné quand même.

J'ai dit d'accord. Elle m'a répondu qu'elle ne me demandait pas mon avis, que d'accord ou pas, c'était comme ça et pas autrement et ce n'était pas moi qui décidais. J'ai redit d'accord. C'était pour dire que j'avais compris que ce n'était pas moi qui décidais. J'aurais dû me taire. Tout ce que je disais, tout ce que je faisais, avec mes jambes, avec ma bouche : rien n'allait. Et puis j'aurais bien voulu qu'on clarifie cette histoire de pédales qui avaient disparu, mais de toute évidence, ce n'était pas le moment.

La sanction-réparation, c'est comme ça que ça s'appelle, ça a été de recopier la dictée à l'adulte que je n'avais pas dictée. La psychologue l'avait écrite pour moi. Ils ont mis une table dans le préau et pendant que les autres étaient en récréation, je devais recopier les lettres une à une. C'était écrit en lettres nouille et je ne sais faire que les lettres bâton. Et puis il y avait des lettres nouille que je ne connaissais pas.

Même si elles étaient très courtes, j'ai trouvé les récréations très longues. Il m'a fallu beaucoup de récréations pour arriver en bas de la page de la lettre d'excuse.

Après l'incident avec Camille, c'était comme si j'étais resté un bébé de la maternelle et que les autres étaient devenus des grands de l'école élémentaire. Ils avaient changé de monde et ne pouvaient plus m'accepter parmi eux. Quand, dans la classe, je voulais prêter ma boîte de feutres ou aider à découper des choses, les garçons et les filles me regardaient bizarre et me disaient :

– Non merci, j'en ai des à moi.

Et le maître se fâchait :

– Arrête de tripatouiller tes feutres et tes ciseaux, tu ne vois pas qu'on est en train de travailler au tableau.

Non, je ne voyais rien. Je ne comprenais rien. Alors petit à petit, je n'ai plus rien écouté. J'ai senti qu'un arbre poussait en moi. Ses feuilles étaient noires. Je m'enracinais. L'autre problème, c'est qu'en classe, j'étais préoccupé par mes soucis et les autres semblaient apprendre des choses qui m'échappaient. Le maître accrochait des lettres aimantées au tableau et il fallait deviner le son qu'elles faisaient, mais les lettres dansaient sur le tableau, leur son changeait tout le temps et je m'y perdais. J'étais triste dans les profondeurs. Même si je ne l'aimais pas, je me cachais dans les racines de l'arbre qui poussait dans mon ventre. Je coloriais ma table avec mon feutre noir et quand un enfant passait près de moi, je lui disais pardon. Je disais pardon à tout le monde, mais personne ne me répondait.

Je me suis fait gronder à cause de ça. Il ne fallait pas parler pendant la classe. Il ne fallait pas colorier les tables non plus. Pendant la récréation, on m'a fait laver ma table avec une éponge : sanction-réparation. L'éponge se chargeait d'encre, j'allais la rincer, le lavabo devenait noir, je le lavais à l'éponge, le noir se diluait, se répandait partout sur le lavabo, sur ma table et dans mon ventre. L'éponge gouttait, le maître soupirait, j'en avais plein les mains, je les essuyais sur mon pantalon. Je gonflais mes joues parce que j'étais désolé, mais on me disait d'arrêter de faire ça.

À cause du noir partout, le maître a dit :

– C'est bon, arrête avec l'éponge ! Stop ! Ça suffit.

Ça a empiré.

Abécédéeuhèfgéachijikahèlemènop

ssstéuvédoublevéixigrecz èd

LES FRÈRES KUBI

Dans ma classe, il y avait des jumeaux : Igor et Ivan Kubi. Ils n'étaient pas à la même école maternelle que moi ; ils savaient déjà lire et levaient la main sans cesse pour donner les réponses ou poser des questions intelligentes. Ils travaillaient tellement bien que j'avais l'impression qu'ils avaient toujours vécu ici, au CP. Les frères Kubi étaient très forts en tout. D'ailleurs, ils étaient assis au premier rang et faisaient le cours avec le maître. À cause d'eux, il fallait se tordre la tête pour voir le tableau tellement leurs grandes carcasses surmontées d'une touffe de cheveux droits comme les poils d'un balai faisaient écran.

Pendant la récréation, les Kubi ne jouaient pas à courir et à crier avec les autres. Ils restaient tous les deux dans un coin et s'échangeaient jalousement des images toutes fripées. Ils en avaient des poignées entières. On disait que certaines valaient très cher. Il leur arrivait de les montrer, mais on ne devait pas y toucher. Quand enfin j'ai eu le droit de retourner en récréation, j'ai eu l'impression de ne plus savoir jouer. Je n'osais pas m'approcher des groupes d'enfants qui traversaient la cour en hurlant pour s'attraper.

Les rares fois où je me décidais enfin à me mêler aux autres pour jouer au foot avec la basket de l'un d'entre eux, devinez qui avait la chaussure à la main au moment où son propriétaire revenait accompagné du maître ? Moi. Pendant que je rendais la chaussure à l'unijambiste sous le regard froncé de l'arbitre, les autres se débinaient en courant et en rigolant.

C'est en marchant tête baissée à cause du poids de mon arbre et de ses branches qui poussaient partout dans mon dos et mes épaules que je suis tombé sur un petit paquet d'images attachées par un élastique. Je les ai ramassées. Je savais à qui elles étaient, et je suis allé les leur rapporter. J'étais content parce que c'était une bonne action, et j'espérais pouvoir me faire des nouveaux copains. À ce moment-là de ma vie, j'étais prêt à être copain avec n'importe qui.

Mais alors que je tentais de les localiser dans la cour, les deux Kubi sont arrivés par-derrière et m'ont attrapé par le bras. Ils me l'ont tordu dans le dos et ils m'ont arraché les images des mains :

– VOLEUR ! ils se sont exclamés.

Et puis, accompagnés par une horde de voyeurs, ils m'ont traîné en me tordant le bras jusqu'au maître qui surveillait la cour. Ils lui ont dit que j'avais volé les images quand on était dans la classe ; que je les avais prises dans le cartable de l'un d'entre eux. J'ai eu beau dire que ce n'était pas vrai, que je venais de les trouver par terre, rien n'y a fait. Je me suis mis à pleurer parce qu'ils étaient très forts et qu'ils me faisaient très mal au bras.

Tous étaient scandalisés. Le maître n'a pas dit un mot, il leur a dit de me lâcher et il m'a pris à son tour par le bras :

– Décidément, tu n'en rates pas une. Tu restes là. Tu ne bouges plus. Tu regardes le mur. Ça commence à bien faire.

De retour en classe, debout tout seul devant le tableau, il a fallu que je dise ce que j'avais fait. Mais comme je n'avais rien fait et que je ne savais pas quoi dire, tout le monde y allait de son hypothèse, que j'avais déjà volé des tas de choses, même que certains prétendaient m'avoir vu fouiller dans les cartables, et qu'un autre a déclaré qu'il lui manquait son taille-crayon. Je leur ai dit :

– C'est faux, c'est faux, c'est faux !

Et je me suis mis à pleurer de colère cette fois. J'ai crié :

– MENTEURS, MENTEURS !

Et puis j'ai pris les feutres du maître qui étaient sur le rebord du tableau et je les ai jetés à travers la salle vers tous mes ennemis. Alors c'est monté d'un cran : le maître m'a entraîné en dehors de la classe, il a ouvert la porte qui a tapé dans le mur. On est allés tout au bout du couloir, chez les CM2. Il est entré sans frapper (alors que c'est interdit, quand on va dans une autre classe on fait toc toc toc et on attend). J'avais très peur, peur d'être dans un lieu où je n'étais jamais allé, peur qu'on m'enferme, peur que maman m'abandonne loin pour se débarrasser de moi, que tout s'écroule. Dans cette classe où nous sommes entrés, une trentaine de paires d'yeux m'ont dévisagé. J'étais comme un oiseau tombé de son nid, tenu négligemment par une aile. J'étais sale et déplumé, je reniflais, des larmes séchées piquaient mes joues. Le maître a dit à son collègue :

– Tu me le gardes cet oiseau-là avant qu'on soit obligé d'appeler sa mère ?

– Bien sûr. Il n'a pas l'air bien méchant comme oiseau, c'est un canari ?

Ça a fait rigoler la classe. On m'a fait asseoir sur une chaise trop haute pour moi et j'avais les pieds dans le vide. J'ai mis ma tête entre mes bras et mes larmes se sont mises à faire ploc ploc sur la table. Des garçons et des

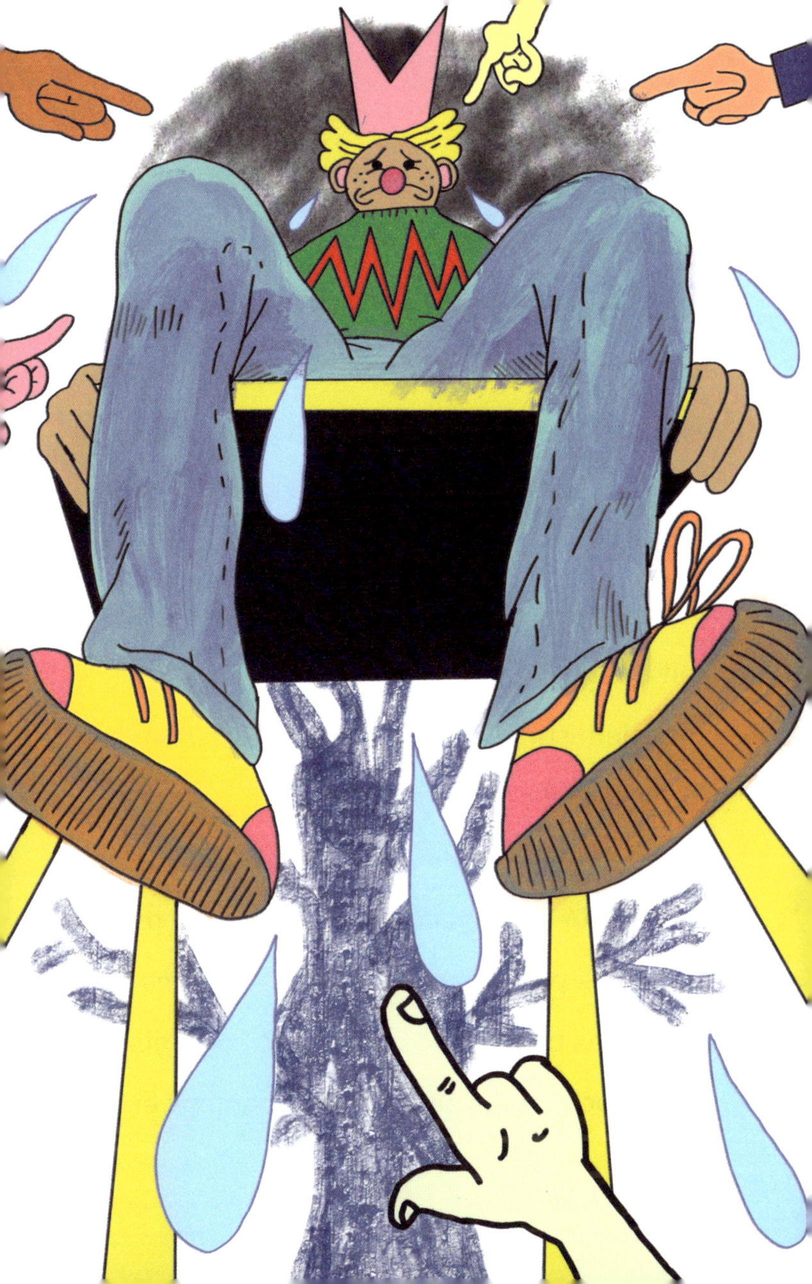

filles me dévisageaient. Comme j'avais le nez qui coulait et pas de mouchoir, je m'essuyais avec ma manche. Ils se sont adressé des airs de dégoût, avec des sourires tordus. Mes pieds tapaient dans quelque chose, ça faisait du bruit et je ne m'en suis même pas rendu compte. Le maître du CM 2 a traversé la classe à grandes enjambées, il a soulevé la chaise où j'étais assis et m'a déplacé de quelques mètres, il m'a mis au milieu de nulle part, sans table où poser mes coudes et me réfugier dans mes bras. J'étais toujours un oiseau moche, mais cette fois isolé sur un perchoir. J'ai gonflé mes joues et j'ai fait des doigts d'honneur à ceux qui se retournaient. Ils m'ont dénoncé :

– M'sieur, il fait des doigts d'honneur !

– Ça suffit ! a crié très fort le maître des CM 2 depuis son bureau en montrant le fond de sa gorge et ses grandes dents noires comme celles des loups. Et pour me faire encore plus peur, il a tapé sur son bureau avec la grande règle jaune du tableau.

Cette fois, la trouille a grandi d'un seul coup. On ne m'aimait déjà pas beaucoup mais là on ne pouvait carrément plus me saquer.

FUIR L'ARBRE NOIR

Les branches et les racines de mon arbre se sont déployées d'un coup. J'ai voulu partir, j'ai voulu que quelqu'un me protège, j'ai voulu maman. J'étais sûr qu'elle ne m'aimait plus à cause de toutes mes bêtises, mais il valait encore mieux que ce soit elle qui m'abandonne plutôt que de me laisser aux mains de tous ces gens qui me détestaient. Les mères qui abandonnent leurs enfants dans les forêts, les crèches et les écoles sont sûrement tristes ensuite, mais elles le font par obligation. Elles n'ont pas d'autre choix.

Alors à l'intérieur de moi, une tempête s'est levée. Comme si le vent qui est d'habitude dehors était enfermé en moi et voulait soudain sortir...

Le maître de cette classe, qui était encore plus sévère que le mien (j'ai longtemps cru que grandir, c'était être confié à des gens de plus en plus sévères), est revenu vers moi, il m'a dit que j'empêchais tout le monde de travailler, il m'a encore attrapé par le bras et m'a emmené chez la directrice à grands pas. En chemin, à force de me tortiller, j'ai réussi à me détacher de lui. Je me suis laissé tomber au sol et il m'a dit de me relever. Avant qu'il ait eu le temps de me ressaisir, je suis parti en courant. J'ai couru très vite à cause de la peur. J'ai eu le temps d'aller jusqu'aux toilettes qui sont au bout du couloir, d'y entrer, de refermer la porte et de mettre le verrou. Il est arrivé, il a tambouriné, il a dit :

– Ouvre cette porte, ouvre cette porte !

J'ai pensé à l'histoire des Trois Petits Cochons et du loup qui souffle sur les murs pour les abattre, alors quand il a cessé de s'agiter, je me suis dit qu'il était en train de remplir ses poumons. J'ai cru que le bois de la porte allait voler en éclats et tout s'est bousculé dans moi, tout a pris feu, l'arbre, le noir. Tout s'est déversé vers le dehors et je me suis mis à crier. Ce n'était pas le cri de la Joie, c'était celui de la détresse.

Au bout d'un moment, il m'a appelé doucement par mon prénom, et il a ajouté « s'il te plaît » :

– Charly, ouvre s'il te plaît !

Alors, j'ai cru à un piège. J'ai pensé à toutes ces histoires de sorcières qui prennent des airs de fées pour mieux entourlouper les gentils nains, les lapins ou les enfants qui ont des habits à capuche rouge.

Je n'ai pas ouvert et c'est le gardien qui est venu avec sa clef. Je m'étais mis en boule entre le mur et le WC. J'ai beaucoup pleuré. Maman a dû venir me chercher avant l'heure.

Par la suite, il y a eu d'autres frayeurs. Dès que je me retrouvais en classe, j'avais peur, j'avais mal au ventre et je ne pouvais vraiment pas travailler. J'entendais bien le maître qui parlait et j'essayais de faire de mon mieux pour ne plus qu'on me crie dessus, pour comprendre ce qu'il fallait comprendre, mais les mots que j'entendais formaient une bouillie incompréhensible : je ne savais jamais ce qu'il fallait faire ou dire, quelle page, quels mots, quels cahiers, avec quoi on écrit ? Un stylo, lequel ? Avec un crayon ? J'avais tout faux tout le temps, je ne mémorisais rien, j'essayais de gommer, mais ça déchirait la page. Les autres lisaient déjà des textes complets et je n'avais toujours pas compris ce qu'était une syllabe. Je regardais sur mes voisins et voisines, mais ils dissimulaient leur travail sous leur coude. Le maître soupirait. Il a fini par me mettre à une table éloignée des autres. Je sentais l'arbre noir qui s'épanouissait en moi et ses branches pointues pousser dans tous les sens. Je me réfugiais souvent dans les toilettes. On me retrouvait toujours et on me ramenait de force dans ma classe, par la main ou le bras, en me grondant ou parfois en me parlant gentiment, mais rien ne fonctionnait. À force de pleurer, j'avais les yeux rouges tout le temps. Un enfant de ma classe m'a regardé et il m'a dit que j'avais des yeux de lapin. J'ai eu peur d'en avoir les oreilles aussi.

Un jour, je suis monté sur la grande poubelle à cartons de la cantine. De là, j'ai pu accéder au sommet du mur d'enceinte de l'école et sauter de l'autre côté, dans la rue. Le mur était haut, mais la peur était plus haute encore ; je me suis hissé sur les mains jusqu'à l'arête et une fois en haut, je me

suis laissé glisser sur le ventre pour passer de l'autre côté. Lorsque mes jambes se sont retrouvées dans le vide, j'ai lâché mes mains. Je me suis éraflé le ventre et j'ai terminé sur les fesses. C'était très impressionnant, je venais de m'évader de la peur de l'école pour gagner une autre peur, celle du monde des voitures qui foncent et des piétons qui me bousculaient sans me voir, ou s'ils me voyaient, me lançaient des regards pleins de soupçons. C'était un monde libre, mais risqué et interdit, avec des bruits de dangers que je connaissais déjà, mais que je n'avais jamais éprouvés seul. Tout était si grand. Je me suis mis à courir. J'ai couru longtemps sans me retourner parce que je voulais fuir loin de l'école. Je me suis retrouvé dans des rues inconnues. Ensuite, j'ai beaucoup marché.

AU SECOURS DE CHARLY

Je me souviens que je me suis arrêté pour caresser un chien qui gémissait derrière une grille dans le jardin d'une maison. Il avait une tête très poilue qui cachait des yeux tristes. Il aurait voulu s'enfuir aussi certainement, peut-être avoir des amis. Je lui ai dit :

– Oh mon pauvre, toi aussi tu as des yeux de lapin.

Il s'est mis à remuer la queue à toute vitesse et j'aurais bien voulu l'emmener avec moi comme ami parce que je sentais bien qu'il m'aimait et ne me jugeait pas à cause de toutes les bêtises que j'avais faites.

J'ai fini par me perdre vraiment. Je ne savais

pas lire les noms des rues sur les panneaux et de toute façon, je ne connaissais pas mon adresse. J'ai continué à marcher en équilibre sur le bord des trottoirs et je regardais dans les jardins pour voir s'il y avait d'autres chiens avec des yeux de lapin qui pourraient être mes amis. Il faisait presque nuit quand une voiture blanche s'est arrêtée pile à ma hauteur. Elle avait une lumière bleue sur le toit et sur les portières, il n'y avait pas besoin de savoir lire pour savoir que c'était écrit POLICE. Une dame m'a parlé depuis la vitre ouverte :

– Charly ?

Je n'ai pas répondu. Je n'avais pas peur, parce que j'ai tout de suite su qu'elle était gentille. La dame est sortie. Elle avait une grosse ceinture, des grosses fesses, un pantalon comme Tintin et un pistolet caché dans un étui. Elle m'a parlé avec une voix douce :

– Je pense que tu es Charly. Tu t'es sauvé de ton école. On va te raccompagner chez toi. D'accord ?

– D'accord, j'ai dit.

Elle m'a donné la main et m'a fait monter avec elle, derrière, dans la voiture. Elle m'a aidé à mettre la ceinture et pendant qu'on roulait, elle a posé le dessus de sa main chaude sur ma joue. Elle m'a dit :

– Ne t'inquiète pas. Les enfants qui se sauvent ont tous une bonne raison de se sauver.

Je me suis senti très rassuré et très heureux que quelqu'un d'aussi fort et avec un pistolet à la ceinture puisse dire des choses aussi gentilles. Je suis sûr qu'elle avait un chien chez elle et qu'il ressemblait à Milou.

Après ma fuite, il y a eu d'autres réunions et maman a proposé de me garder tant que je ne serais pas capable de supporter les contraintes de l'école. Ils ont dit d'accord, mais pas trop longtemps parce que l'école c'est obligatoire.

– Laissez-le-moi quelque temps, elle a proposé.

Alors, de ce jour, j'ai continué à aller à l'école, mais en même temps que maman, c'est-à-dire toutes les fois où elle faisait du ménage ou de la vaisselle : le matin avant la

POLICE

classe, le midi pendant la cantine, ou le soir après la classe…

Mon arbre ne grandissait plus.

Mes journées n'étaient pas celles d'un enfant ordinaire. Pendant que maman travaillait, j'avais les classes et les couloirs pour moi tout seul. C'est là où j'ai commencé à m'apprendre à lire. J'allais dans ma classe et je profitais des lettres aimantées et du tableau. Je m'amusais à les déplacer, puis à les trier, à les nommer et à les mélanger entre elles. Quand je ne savais pas lire le mélange, j'allais demander à maman :

– Si je mets un M avec un O et un U, ça fait quoi ?

– Ça fait MOU comme dans bisou-mou,

elle me disait. Et elle me faisait un bisou mou.

– Si je mets un H avec un Z et un F, ça fait quoi ?

– Ça ne fait rien du tout.

– Je peux avoir un bisou mou quand même ?

Quand on repartait, sur le chemin, on croisait les enfants qui allaient à l'école.

Notre maison était toute petite. Maman allumait la télé. Parfois elle m'apprenait à compter, elle me faisait écrire des mots, elle m'apprenait des chansons, les jours de la semaine, les mois et même l'heure. Je n'aimais pas ça, ça ressemblait trop à l'école même si au fond, c'était plus agréable d'apprendre assis sur les genoux de ma mère que sur une chaise dans une salle de classe.

À midi, on repartait à l'école pour que maman fasse la vaisselle et le ménage de la cantine. On m'asseyait avec les autres enfants qui ne m'aimaient pas. Ils me regardaient moche. Je les regardais moche. Parfois maman venait et leur demandait s'ils « revoulaient » de la bonne purée de pommes de terre bio et ils tendaient leurs assiettes en disant : « Moi ! moi ! moi ! » Maman leur souriait et les servait. J'étais très jaloux.

Après la cantine, on retournait à la maison. Il fallait encore marcher beaucoup. Maman avait cessé de me donner la main pour traverser. Elle disait qu'elle aurait voulu être un hélicoptère au-dessus de moi, toujours, pour ne jamais me perdre. J'étais rassuré qu'elle m'aime de nouveau, mais à ce moment-là, ce n'était pas d'un hélicoptère dont j'avais envie, c'était qu'elle me porte dans ses bras.

Je passais l'après-midi à la maison et après il fallait de nouveau retourner à l'école. Maman lavait partout, elle avait un pschitt-pschitt très puissant. Je jouais tout seul dans les classes, je faisais des expériences en mettant mon feutre noir sous le robinet du lavabo et ensuite en nettoyant avec l'éponge. J'étais devenu expert en lavabos, en feutres et en éponges. Je remettais tout propre et ensuite je regardais les affiches sur les murs, les livres dans les bibliothèques des classes, je ne faisais pas que regarder les images, je lisais de plus en plus de choses tout seul. Je m'étais appris à lire sans le faire exprès. Si je voulais, je pouvais même lire les noms sur les boîtes de médicaments à la maison. Parfois, j'allais dehors, je me plantais dans un coin et j'épiais les enfants du centre de loisir. Ils continuaient à me regarder avec la bouche à l'envers. Et puis on rentrait chez nous.

Le soir, on éteignait et on dormait vite parce que le matin, on se levait tôt pour faire le ménage avant que les autres n'arrivent. On allait à l'école pour travailler, tandis qu'ils y allaient pour apprendre, alors forcément, on était fatigués.

GRANDIR

Camille avait deux fauteuils roulants, celui avec le moteur électrique pour les grands déplacements et celui qu'il faisait avancer à la main pour les petits voyages. Celui-ci restait souvent à l'école. Un jour, je suis tombé sur son chariot dans le couloir. C'était le matin très tôt. À part maman qui passait son grand balai-éponge, l'école était déserte. Personne à droite, personne à gauche, je suis monté dessus. J'ai posé mes pieds sur les deux repose-pieds et j'ai fait comme si mes jambes étaient molles et mortes. J'ai posé mes mains sur les roues et je les ai fait bouger, aller d'avant en arrière. Le chariot réagissait, il pivotait comme une toupie géante, mais ce n'était pas très amusant. J'ai essayé d'avancer mais j'ai eu beaucoup de mal à aller droit : il fallait donner le même élan avec les deux mains et sans arrêt corriger la direction. Pour aller d'un bout du couloir à l'autre sans percuter les murs, il m'a fallu procéder avec application. On était loin du vélo à trois roues qui dévalait tout seul la cour de la maternelle tandis qu'on écartait les jambes pour ne pas se faire emberlificoter les pieds dans les pédales devenues folles.

Le lourd chariot aux tubes chromés, l'immensité du couloir vide, j'ai perçu en un instant le monde tel que Camille le voyait. C'était un monde différent du mien, mais un peu comme le mien quand même. Un monde où l'on aimerait se joindre à la meute, à ceux qui sortent en courant, mais où l'on ne peut que mouliner avec les bras pour tenter d'aller droit. Certes, moi je n'allais plus à l'école et j'avais perdu la Joie, mais le monde de Camille ne devait pas être très marrant non plus. J'ai compris qu'il avait sûrement un arbre dans le ventre, lui aussi, mais un arbre mort avec des branches et des racines qui avaient poussé et entravaient toute sa vie. J'ai pris conscience que je n'aimerais pas vivre assis sur des roulettes. J'ai surtout compris qu'on avait quelque chose en commun : lui avec ses jambes comme des spaghettis trop cuits et moi avec mes bêtises, on n'était pas comme les autres, pareils, mais pas pareils.

Je ne sais pas pendant combien de temps je ne suis pas allé à l'école. Mais un jour, maman m'a appris qu'elle avait trouvé du travail dans un EHPAD, qu'on allait déménager. Elle a ajouté :

– Et lundi prochain, tu retourneras à l'école.

L'arbre noir s'est déployé d'un seul coup et ses branches ont grandi dans mon ventre, ses épines ont fait des trous dans ma peau à l'intérieur et des singes se sont mis à sauter de branche en branche. Je me suis senti me dégonfler, comme un ballon crevé. À ce moment-là, je n'avais pas que les yeux du lapin, j'avais sa tête complète (sauf les oreilles).

Elle a ajouté :

– Mais tu vas changer d'école parce qu'on va changer de quartier.

Et on l'a fait et je me suis regonflé de l'intérieur. Surtout que la maîtresse de la nouvelle école, quand elle m'a vu, elle a posé une main sur mon épaule, elle m'a souri et elle a serré la main de ma mère en lui disant :

– Tout se passera bien.

Elle n'avait ni pistolet à la ceinture ni pantalon de Tintin, mais j'ai tout de suite compris qu'elle était gentille, simplement gentille.

L'arbre qui poussait dans mon ventre a pris ses jambes à son cou. Ce n'était qu'un arbre de paille et il a disparu aussi vite qu'il était arrivé. En vérité, je crois que des papillons sont venus et ont grignoté toutes ses branches. J'imagine qu'ils se sont sans doute envolés la nuit pendant que je dormais. Mon ventre, mes poumons, et tout l'intérieur de moi s'est rempli d'air, de fleurs ou d'oxygène et j'ai pu respirer complètement et me remettre à courir, à chanter et à rire, et aussi à travailler comme tout le monde et avoir des copains.

– Je pourrai quand même redoubler à la fin de l'année ? j'ai demandé à la maîtresse, parce que je voyais bien qu'elle m'aimait et que moi aussi.

– Sûrement pas.

– Même si je suis sage ?

– Même.

– Et si je ne sais plus lire ?

– Pareil.

Il n'y a pas eu moyen de la convaincre.

Le temps a passé depuis. J'ai eu d'autres maîtres et d'autres maîtresses, j'ai fait l'heure, mes dents sont tombées, elles ont repoussé, j'ai été en classe de neige, j'ai appris plein de choses. Au début de cette année, alors qu'on venait de commencer le CM2, le maître qu'on appelle par son prénom, Rodolphe, nous a dit qu'un nouvel élève allait arriver. Il a ajouté que c'était un élève qui était comme nous, mais différent. Il nous a demandé comment on comprenait cette phrase. J'ai levé la main et j'ai dit qu'on était tous pareils mais pas complètement pareils. Alors, il a dit oui, il n'y a pas de différences, il n'y a que de la diversité. On n'a rien compris à sa phrase mais le garçon qui allait arriver devait avoir un truc vraiment spécial, alors on s'est tous mis à délirer, à imaginer qu'il était vert comme un Martien, qu'il avait trois yeux, qu'il était chinois avec les cheveux frisés, que c'était Pinocchio, qu'il était invisible, qu'il avait de la barbe, qu'il mangeait des cailloux, qu'il chaussait du 2...

Rodolphe a fait semblant de se protéger le visage avec les bras. Il a dit :

– Stop, stop, arrêtez, n'en jetez plus, c'est n'importe quoi...

Alors nous, en récré, on a continué à rigoler avec ça :

– Il a deux zizis, il a trois fesses, il a des testicules à la place des oreilles…

– Il est obligé de mettre un slip au lieu d'un bonnet, j'ai dit.

Ça a fait le buzz. Tous se sont esclaffés en se tapant sur les cuisses ou en se roulant par terre. On a fini en tas, hilares, et quand le maître est venu nous relever on riait encore.

Le lendemain, le nouvel élève est arrivé. Je le connaissais déjà. Il n'avait rien de tout ce qu'on avait imaginé, il n'était pas si différent, il avait juste changé de chariot. Rodolphe avait raison, Camille était comme nous mais pas comme nous. Sa différence, c'étaient ses jambes mortes. J'ai été surpris de le retrouver ici, mais je n'ai pas été surpris de le voir en fauteuil. Les autres en revanche ont tous ouvert des yeux ronds comme des soucoupes. Quant au regard de Camille, étonné et apeuré comme ceux des lapins pris dans des phares de voiture, j'y ai vu ce quelque chose que je connaissais.

UN NOUVEL ÉLÈVE

Au lieu de me venger de tout ce qui m'était arrivé à cause de lui, j'ai eu envie de le protéger de ce qui pourrait se passer pour lui s'il n'était pas accueilli, réconforté et aimé.

Dès la récréation, je suis allé à sa rencontre. Il était seul dans un coin de la cour et les autres le regardaient sans oser l'approcher. Il m'a reconnu et il m'a dit qu'il était drôlement content de me retrouver parce qu'il avait tellement peur de changer d'école que ça lui faisait comme un arbre dans le ventre. Ses parents avaient divorcé, il avait redoublé, et il avait déménagé pour vivre, comme moi, avec sa mère, près d'ici.

On n'a pas eu besoin de faire la paix car au fond, entre nous, ce n'était qu'un malentendu. Camille a rapidement montré qu'il faisait tout comme les autres enfants de la classe, et même mieux, comme à la piscine où il nageait aussi vite que nous en n'utilisant que ses bras. On l'appelait « Tarzan le poisson » vu la vitesse et même « Tarzan le sous-marin », à cause de la fois où il est resté sous l'eau pendant un siècle en nous faisant coucou avec la main. En réalité, Camille avait une crampe à un bras et il se serait vraiment noyé si le moniteur n'avait pas plongé.

Et puis, un jour il m'a invité chez lui. Sa mère ne m'a certainement pas reconnu tellement elle m'a dit bonjour et bienvenue et tout ça :

les gâteaux, le Coca, les sourires. Même que j'aurais dû trouver ça louche et penser qu'elle allait essayer de m'empoisonner. Dans sa chambre, Camille se laissait tomber de son fauteuil et jouait par terre sur un grand tapis de judo. Une fois au sol, il n'avait pas de contraintes : il rampait, se redressait sur les mains, pouvait se tenir assis contre les murs, faire des roulades. Je faisais comme lui, je glissais sur le tapis en traînant mes jambes, comme si elles étaient mortes, ce qui est loin d'être facile. On élevait des cités spatiales délirantes avec son stock de Lego qui ne servait plus à rien et on les dégommait en leur lançant des balles de tennis avant de s'avachir sur des coussins pour jouer à la console ou lire des BD. Sa mère nous régalait en gâteaux, mais c'était surtout l'occasion de partager des fous rires et de faire les crétins en jouant à des jeux interdits aux moins de douze ans. Sa chambre était gigantesque, on passait des bons moments :

– T'as du pot d'être handicapé, je lui disais.

– Mouais, il répondait.

Maintenant, c'est bientôt la fin de l'année scolaire et depuis peu, notre jeu préféré, c'est de partir en VTP (vélo tout pourri). J'installe Camille sur le porte-bagages où on a sanglé un gros coussin, il s'accroche à la selle et en avant pour l'aventure ! S'il a la force pure au niveau des bras, je vais bientôt l'avoir au

niveau des mollets. Surtout quand ça monte. J'aimerais mieux être à sa place.

Certains jours, c'est lui qui m'emmène. Camille n'a plus de fauteuil électrique maintenant, mais il a deux fauteuils dont un qui a trop la classe et qu'il appelle son FTP (fauteuil tout pourri). Il possède des roues sans rayons avec des flasques décorées de tags futuristes. Avec lui, il a le droit d'aller n'importe où. On part dans les rues. Je le pousse et dans les descentes ou dans les rayons du supermarché, on prend de l'élan, je saute à l'arrière, cale mes pieds dans les barreaux et YAHOU... le monde s'écarte devant nous. Ça donne envie de crier à cause de la Joie, alors on crie.

Parfois, on décide d'être handicapés tous les deux. On prend chacun un fauteuil et on part dans la ville. Camille est beaucoup plus rapide que moi et en plus il sait faire des roues arrière et même descendre des escaliers.

– Comment tu fais ça ? je lui demande.

– Ça fait dix ans que je m'entraîne, Dugenou.

– Tu m'apprends ?

– T'apprendre quoi ? À être handicapé ?

– Bah oui !

On se tape dans la main et on roule jusqu'au skatepark, lui dans son fauteuil, moi dans le mien. Vraiment, on s'amuse bien.

Un jour, après avoir rigolé de voir les skateurs se ramasser en ratant des loopings, on a décidé de rentrer chez nous en faisant un crochet par le collège où on irait à la rentrée. Il est tout en bas de la ville. On était tellement enthousiastes à l'idée de découvrir ce nouveau monde qu'on a pris de l'élan dans la rue qui y descend et heureusement que le portail était fermé sinon on se serait retrouvés directement dans les salles de classe. Par contre, cette fois on a vraiment « défoncé dans le portail ». Ça a fait un bruit de tonnerre et les grands dadais de troisième qui végétaient là nous ont regardés avec des yeux de lapins morts (et des têtes de clafoutis tellement ils ont des boutons). On a rigolé comme des petits fous. Mais pendant que j'essayais de redresser mon fauteuil et que Camille remettait ses jambes mortes en place, le gardien a déboulé en hurlant :

– Hep là, vous deux ! Vous avez perdu les pédales ou quoi ?

Pas d'autre solution que de partir en courant. C'est ce que j'ai fait. Au bout de dix mètres, je me suis retourné. Camille était resté sur place, cloué dans son fauteuil. C'est lui qui a pris :

– C'est parce que je suis handicapé m'sieur.

– Moi aussi, a dit le gardien en présentant sa carte d'handicapé, sauf que moi je sais conduire.

– UNO ! a répondu Camille en sortant la sienne de sa poche.

Je suis revenu vers eux. J'ai repris mon fauteuil roulant et je me suis assis dedans. On a fait face au gardien qui était debout devant nous, gigantesque, mains sur les hanches, le verbe menaçant. Derrière lui, la cohorte des élèves s'était regroupée et formait un demi-cercle sévère. Est arrivé un homme en costume, immense lui aussi ; il nous a dit qu'il était le Principal, nous a appris qu'ici, c'était un collège, pas un cirque, et que les petits malins comme nous, il leur faisait vite perdre le goût de la rigolade. Camille se ventilait le visage avec sa carte d'handicapé, et je regardais mes jambes qui s'étaient mises à gigoter toutes seules. « Principal », je ne sais pas trop ce que ça veut dire, mais ça ne rime pas avec amical. Quand il a fini son sermon, on est repartis tout penauds à petits pas... euh... à petites roues...

Je ne sais pas trop de quoi est fait l'avenir et ça file les chocottes. Heureusement, ce soir c'est les vacances et on a deux mois pour ne pas y penser. Je regarde Camille. Il me regarde. On freine. On se tape dans la main. C'est sûr que ça va être compliqué, mais maintenant, on est deux. Ils ne vont jamais réussir à nous enlever la Joie ; et il se pourrait même qu'on soit contagieux.

FIN

Dans la même collection :

Responsable éditoriale : Angèle Cambournac
Conception graphique : Clémence Courot
Fabricante : Nathalie Voyer

57, rue Gaston-Tessier, 75019 Paris
ISBN : 979-10-235-1564-0
Dépôt légal : avril 2021 – Tirage n° 1
Loi 49-956 du 16 juillet 1949
sur les publications destinées à la jeunesse

Photogravure : IGS-CP
Achevé d'imprimer en février 2021
par Graphycems (Espagne)

www.seuiljeunesse.com